김양수의 **카툰판타지**

생활의 참견

운수 좋은 날

김양수의 카툰판타지

생활의 참견

운수 좋은 날

김양수 만화

예담

● 프롤로그

와우!

내 이름이 박힌 첫 단행본이 나왔던 2005년의 어느 여름날을 기억한다. 만화는 이미 수년째 그려오고 있었지만 그 누구도 내게 책을 내자는 제안을 하지 않았던 시절, 염치 불구하고 출판사 편집부에 직접 전화를 걸어 책을 내고 싶다고 말했다. 너무나 감사하게도 그 제안은 받아들여졌고, 첫 출간 회의를 위해 갔던 출판사는 집에서 두 시간도 넘게 걸리는 먼 길이었지만 나는 하나도 멀게 느껴지지 않았다. 오히려 그 순간을 오랫동안 기억하기 위해 작은 카메라를 들고 한 걸음 한 걸음을 사진에 담았던 기억이 난다.

이번 책 『생활의 참견 – 운수 좋은 날』은 어떤 의미에서 나에게 그런 설렘을 담고 있는 책이다. 물론 '생활의 참견'이라는 타이틀로는 다섯 번째 책이기는 하지만, 연재된 순서대로 담았던 기존 책들과는 달리 평소 독자들에게 유난히 사랑을 받았던 작품들, 특히 독자 분들이 직접 보내주신 생생한 사연들로 꾸민 작품들 위주로 모아 한 권의 책으로 묶었기 때문이다(물론 전작들과 중복되는 작품은

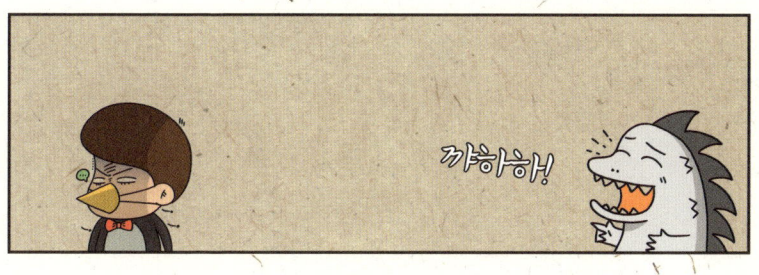

없다). 그런 의미에서 이번 책은 나의 베스트 모음집이며, 동시에 기존의 시리즈와는 완전히 차별화되는 새로운 '생활의 참견'이기도 하다.

아무쪼록 이 책을 통해 여러분이 더 많이 웃고, 더 유쾌한 나날들을 보내기를 진심으로 바란다. 그것이 내가 여러분의 생활을 계속 참견하고 있는 유일한 이유이며, 가장 큰 원동력이기 때문이다.

2012년 8월의 어느 날 밤

김양수

1

찌질하지만 멋지게

남자라면

수년 전, 친구와 결혼식장에 가는 길이었다.

여기서 셔틀버스 타라든데..

택시를 잡았다.

버스 있는데 왜 택시를 타?

시간 없어!

-택시-

별 생각 없이 웃자고 한마디 했다.

남자라면 택시지!

뭐?

묘하게 통했다.

어쩐지 친구들 사이에 유행처럼 번지기도 했는데

이 때의 '남자라면'은 '남자답다'와는 미묘하게 다르다.

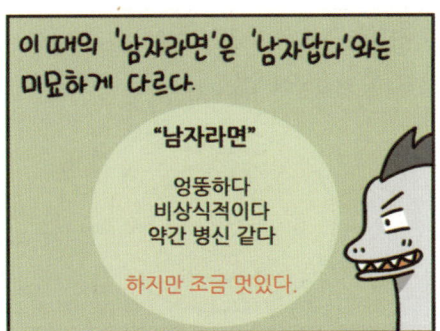

"남자라면"

엉뚱하다
비상식적이다
약간 병신 같다

하지만 조금 멋있다.

아무튼 남자는 때로 이런 엉뚱한 남자다움에 모든 걸 걸기도 하는데

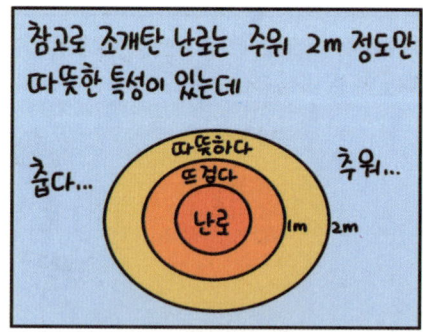

또겁게, 아주 또겁게 ... -muplie

그리고
남은
이야기

커튼을 둘러쓰고 집으로 가는 길...

버스가 왔다.

그런데...

...지갑도 교복과 함께
불꽃이 되었다.

고장일 거야

간호사가 말릴 때까지 계속됐다.

살 쪘다고 혈압도 못 재는 더러운 세상! -muplie

급당황 그녀

…틀린 말은 아니었다.

지나가는 사람요… -muplie

혼자도 괜찮아

무엇보다 가장 힘든 건 식당에서 밥먹기다.

솔로~

오늘도 공원에서 햄버거...

그래서 보통 혼자 먹는 사람이 많은 식당을 찾는데

솔

오!

한식전문
무조건 1인분
혼자 밥먹기 좋은 곳

이도 여의치 않은 메뉴가 있으니

지글 지글~

삼겹살을 먹으며 뭐 그런 이야기를 나누는데

혼자 준비해서 먹긴 번거롭지..

그러곤 혼자서 유유히 다 먹고 갔다.

호자 고깃집에 가도 정신만 차리면 된다? -muplie

...물론 이러면 안 되겠죠?

축구 바보들의 월드컵

1. 우리들의 응원

경기 중 우리는 단 두마디만을 외쳤다.

그것밖에 아는 게 없어...

2 첫골

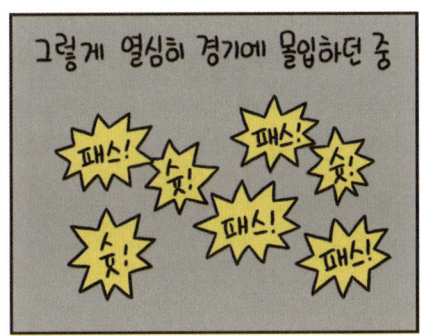

일반적으로 보통 이 다음에 하는 대화는

일반인 와, 이정수 대단한걸?!
축구팬 이정수가 요즘 일본에서 뛰고 있지!
마니아 원래 이정수가 중앙 수비수이지만 세트피스 상황에서 공격에 가담해 헤딩슛을 잘 넣어!

···그렇게 우리는 양방언 이야기를 계속 이어갔다.

3. 베스트 11

그렇게 우리의 대화는 점점 나락으로 빠졌다.

관계 없어...

4. 부부젤라

부부젤라 분석에 들어갔다.

박지성 골 넣으려고 하잖아... -muplie

이처럼 직업별로 월드컵을
바라보는 관점이 다른데...

만화가들끼리
한잔하는 중

원샷!

술집 대형 TV에서 다른나라
경기가 나오고 있었고...

우리는...

이랬다.

집으로

밤 늦게까지 놀다보면 가장 신경 쓰이는 건 역시 귀환이다.

차 끊기겠네

밤새고 첫차 타

특히 금요일 밤, 번화가에서 택시 잡기란 만만 찮은데

택시-

우어

요즘과 달리 택시 잡기 유난히 힘들 었던 시절에는

따블!

합승!

너무 외진 곳에 집이 있는 경우 더 애를 먹었다.

그 시절, 종로에서 친구들과 술 한잔 하는데

집이 정릉 북한산 쪽에 있는 동찬이, 의외로 여유만만!

사실 동찬이의 집은 어느 택시라도 가기 꺼려하는 코스.

하지만 동찬이에겐 나름대로의 비법이 있는 듯했는데

누가 먼저 집에 가는지 내기할까?

비법(?)은 이랬다.

일단 택시가 선호하는 포인트를 부른다.

강남역!

TAXI

일단 택시를 타고 사람들 많은 곳을 벗어난다.

강남역이요~

네~

잠시 후, 마치 그곳에 친구들이 있는 듯 전화통화.

응, 정선아 나 지금 출발했어

늦어서 미안...

전화를 끊고(?)...

무전여행

원래 나는 여행을 별로 좋아하지 않았다.

> 멀리 떠날수록 돌아오는 길도 멀어져...

여행에서의 고생은 추억이지만. 그때는 생각이 좀 달랐던 것 같다.

> 산은 산이요 고생은 고생이다!

그 시절, 나와는 달리 여행을 좋아한 두 청년, 동준이와 정선이

> 형, 우리 여행 가자!

> : 시나리오도 구상할겸

> 굿 아이디어!

물이라도 받을 곳을 찾아보니 터미널 화장실뿐.

어쩐지 복잡한 기분..

하지만 이런 고생도 여행의 묘미!

해골물도 모르고 마시면 보약!

원효대사의 가르침

그리하여 터미널 옆 공터에서 라면을 끓이는데

형 저기 노숙자 아저씨가 자꾸 쳐다봐...

문득 옆을 지나가던 꼬마아이와 엄마

응?

엄마 저기...

노숙자 아저씨도 동의하고 있었다.

아저씨가 우리한테 그러면 안돼죠!! -muplie

정선이에 비해 다혈질인 동준이,
그 말을 듣곤 버럭 했다.

하지만 동요하지 않는 정선이

그렇게 둘은 열심히 라면을 먹었다.

마지막 다이어트

요즘의 나는 뭔가 상당한(?) 상황이다.

살 좀 빼…

응?

터지겠다

보통 살이 찌는 사람들은 다 이유가 있는데

떡볶이 한접시만 먹자.

방금 점심 먹었잖아?

잘 관찰해보면

떡볶이 1인분 하고요..

결국 못 먹게 됐다.

지혜가...

새로운 제안을 하기 전까지는

···지혜, 또 내리 두판 이겼다.

그냥 먹자... -muplie

그들의 공연관람법

가끔 콘서트를 보러 갈 때가 있다.

이런 공연을 완벽하게 즐기려면 어느 정도 노력도 필요한데

ㅋ…

티켓값이 비싼 공연을 보면 돼!

└ 돈 아까워서 열심히 보거든…

가장 중요한 건 되도록 모든 곡을 숙지하고 가는 것.

꼭 그래야 하나..?

└ 히트곡 몇개는 아는데…

그러지 않으면 모르는 곡이 나올 때 사정없이 지루해지기 때문이다.

선호하는 자리도 사람들마다 다른데

최적의 사운드를 원한다면 콘솔 주변도 추천할 만하며

뮤지션의 호흡까지 느끼려면 맨 앞자리도 좋지만

전체적인 무대를 조망하기엔 뒷자리가 좋을 때도 있다.

일단 한산해서 좋군!

아무튼 가장 중요한 건 뮤지션과 음악에 대한 애정이겠지만 말이다.

어디, 얼마나 잘하나 두고 볼까?

벌써 두번이나 들켰군...

가장 안좋은 관람태도

우연찮게 표가 생겨 공연장에 간 <4분요리>의 철이와 <오로보바투>의 비타민.

그래?

클래식은 처음이에요.

어려 워서...

이윽고 오케스트라가 입장하고 객석이 가득 차자

빠아ㅁ——F

탈이념, 그리고 실험과 저항!

새로움을 찾기위한 예술가들의 필사적인 도전!

비타민은 열변을 토했다.

우리 만화가들도 기존의 틀을 깨야해!

개그만화인데 안 웃긴 만화, 4컷만화인데 32컷..!

철이, 어쩐지 동감했고

만화가이지만 김태희랑 결혼!

뭔소린진 모르겠지만 묘하게 설득력있어!

그렇게 둘은 열심히

뿌~

끼이~

끼잉~

자, 이제 그만 떠들고 음악에 몰입하자!

라져!

비타민의 허세에도 조율이 필요할 듯...ㅎ; -muple

그녀의 **공연관람법**

우리가 콘서트를 보러 가는 이유는

당연하지만 직접 음악을 들으며 열광하기 위해서다.

꺄악~!

오빠~!!

♥ LOVE

실제로 조용필 콘서트에서 본 장면

두둥~!

여보~!!

어쩐지 분위기가 급훈훈해졌다

··한번 안아줘야 하나..? -muplie

전망 좋은 집

그러자 아저씨

하하, 뭘 모르시네. 여기가 바로...

여대 뷰!!
(Woman's University View)

두둥-!

바로 계약했다고.

그보다는 회사가 가까워서...

하하 그래요

여름되면 더 비싸져

회사에서 10정거장도 넘는데... -muplie

젊은 오빠

남친 생일선물 돋보기 당첨! -muplie

2

일상이 우당탕

헛갈릴 수도 있지

어떤 말이든 일단 헷갈리고 보는 타입의 사람도 있으니, 바로 시경이.

오!

안녕-

시경이는 한마디로 '제대로 기억하는 게 없다'고 해도 무방한데...

와- 노래 잘 부른다!

역시 셀린 디온...

All by~F

역시 팝계의 '에바'로구나!

두둥!

깜짝!

≤EVA?!

'디바' 겠지?!

한번은 주말에 시경이 어머니 왈...

114에 전화해서 강남에 한정식집 〈이리오거라〉 전화번호좀 물어봐

거기서 돌잔치 한다는데...

네

87

시경이, 114에 전화해서

반갑습니다. 고객님 무엇을 도와드릴까요?

이렇게 말했다.

두둥-!

강남에 한정식 집 '게 섯거라' 부탁드려요!

이처럼 시경이는 늘 우리에게 큰 웃음을 선사하는데...

고르바쵸프 한 병 주세요.

네?!

에취니코프 겠지!

수년 전, 권상우 주연의 새 영화가 개봉했다.

어머!

권상우 팬

말죽거리 잔혹사

1978년, 우리들의 한 맥서스

대개봉!!

예매

마침 그날은 친구들과 약속이 있던 날

오늘 이거 보러 가자고 해야겠다!

확 미리 예매해 버릴까..

시경이는 약속장소에 도착하자마자

얘들아!

안녕~

이렇게 말했다.

두둥~!

우리 '말죽 사거리 대소동' 보러가자!!

뭥이?!

ㄷ라멋 나욧!

막죽 사거리 대소동

뭐 이것도 그리 나쁘진 않았을 듯.:.muplie

그리고
남은
이야기

뭔가 좀 짧은 느낌이 들어
시경이에게 전화했다.

뭐 좀더
없어?

그러자 시경이 왈

그걸 기억하면
내가 헛갈리겠냐?

응?

그게 정답이네.

맞아.
넌 그런
애였지...

구사일생 정선이

돌이킬 수 없는 사고를 만들기도 한다.

이런 사고를 미연에 방지하려면
철저한 기초 훈련이 중요한데

십수년 전, 난생 처음 스키장에 간 정선이.

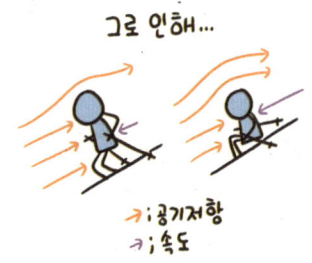

스키장 역사상 가장 큰 눈보라를
만들며 착지(?)했다.

정말 구사일생으로 안 다쳤답니다. ^ii -muplie

연기파 자매

남자와 여자는 여러모로 다르다.

ㅋㅋㅋ..

정말 저래?

냠녀탐구

그런 차이는 가끔 생활 속에서 드러나는데

또 변기 뚜껑 올려놨어...

특히 택배가 왔을 때

딩동~♪

택배 왔어요-

내가 가끔 이러고 물건을 받으면

창피하게 내복업고 나가면 어떡해?!

남자끼리라서..

내가 없을 때는 아예 경비실에 맡기게 하기도 한다.

머리도 엉망이고..

신경 쓰인다구..

내려가서 찾는거 괜찮은가?

아무튼 뭐 그런 전형적인(?) 스타일의 두 자매.

동생(22)   언니(24)

아침부터 마루에서

아함~ 엄마는?

시장

참고로 언니는 남친과 통화중,
핸드폰도 켜둔 상태였다.

노안이라 그럴지 어려이러고 말해... -mople

최초의 신부

연주씨는 그렇게 '언더스로'로
부케를 던진 최초의 신부가 되었다.

축복의 돌직구! -muplie

1. 덩어리

놀라서 돌아 나가려는데

2 용의자

분노에 부들부들 떠시는 아주머니

3. 추리

4. 익숙한 자태

도와주지 못해 어쩐지 미안했다.

정말 고생하시겠다..

저런 분들 덕분에 도시가 깨끗한 거겠지..

그건 그거고 사실 오늘은 낢의 소개팅날

안녕하세요?

예쁜척 모드

아..

식사를 위해 함께 레스토랑에 갔다.

저는 양이 적어서.. (165화 참고)

뭘로..?

MENU

그런데 함박스테이크가 나온 순간

식사 나왔습니다~

그렇게 올 봄에도 솔로로 결정됐다.

...그래도 낡에게 와요. -muplie

고기만두를 찾아서

대충 들어보니 고기만두 같았다.

하얀 빵 안에 고기가 들어있어!

원더풀!

그리하여 한국에서 만두를 잔뜩 먹고 가겠다고 다짐했는데

후회없이 먹어주겠어!

결혼식이 끝난 후 같이 온 친구들과 함께 떠난 버스 여행

목적지는 경주!

부우우웅—

휴게소에 내렸더니

스낵코너

와우!

열 식힐 땐 팥빙수 추천! -muple

한국의 맛

요즘 외국에서도 한국 음식이 많은 주목을 받는다고 한다.

웰빙 푸드!

실제로 할리우드 스타들 중에도 한국음식 마니아가 많다는데

기네스 펠트로는 비빔밥 마니아!

디카프리오가 김치를 좋아한대

이런 음식에 대한 관심이 곧 한국에 대한 관심으로 이어진다.

난 한국어 공부중!

한국에서 현지 한국음식 먹고싶어!

동광이네 회사 거래처 손님으로 온 존슨도 그랬다.

한국음식 다 먹어보고 싶어요!

특히 만두!

실제로 존슨은 한국어 공부도 좀 했다는데

뜻은 몰라도 읽기는 조금 해요.

한글 원더풀!

동광이가 안내해주고 싶었지만 스케줄이 여의치 않았다.

혼자 다닐 수 있어요!

노 프로블럼!

그리하여 존슨에게 한 가지 팁을 알려줬는데

일단 전자사전 있으시니까 됐고...

찾아보면 되니까...

그건 바로 우리나라 메뉴는 대부분 이름만으로 재료와 조리법을 알 수 있죠!

오호?!

확실히 그랬다.

진짜네...

김치찌개	김치를 넣은 찌개
순두부찌개	순두부 넣은 찌개
갈비찜	갈비로 만든 찜
해물탕	해물 넣은 탕
떡볶이	떡을 볶은 요리

그리하여 혼자 떠난 한국 미식 여행

보통 식당 이름에도 다 써 있으니 잘 찾아드세요!

OK!

버섯불고기

서울 해물

설레는 마음으로 뭔가 특별한 식당을 찾아나섰는데

냉면

두부

돼

족발

혼란에 빠지기 시작했다.

존슨, 도망쳐! -muplie

이름 때문에

핑클이 한창 인기를 끌던 십수년 전

I Can't Cry ~ ♬♪

당시 잡지사 기자였던 무기형

빨리 마감하고 노래방 가서 핑클노래 불러야지…

옆자리 기자의 통화소리를 우연히 들었다.

오엥?!

네, 성유리 전화번호가 뭐냐면…

오랜만에 옛 친구들을 만난 동광이

뒤늦게 친구 용삼이가 도착했다.

일행을 찾는 용삼이를 불렀는데

갑자기 옆테이블에서 슬렁슬렁!

아니라고 했지만 이것도
기념이라며 사진 찍고 갔다고

한류 덕분에 탕수육 득템! -muplie

굉장한 기능

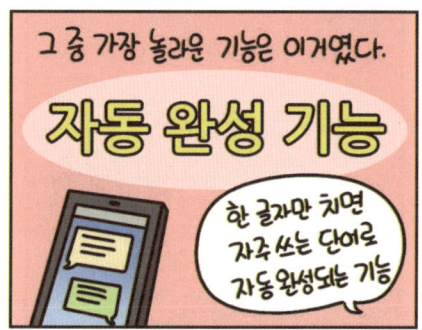

분노유발 기능 -muplie

지르길 잘했어

노트북이 없던 수년 전, 가장 부러웠던 장면은 이거였다.

카페에서 노트북으로 일하기

멋있다~

뉴요커 같아...

그리하여 큰맘 먹고 노트북을 질렀고

이거 얼마까지 팔아보셨어요?

뭐래는 거야!

곧바로 카페에 가서 된장남 흉내를 시전했는데

이건 노트북을 하는 것도 커피를 마시는 것도 아니여

자전거 값은 톡톡히 했네요. ^^; -muplie

3

먹고살기 분투기

그녀의 출근길

사람들은 계절의 변화에 적응하며 살아간다.

어느덧 겨울..

반팔 입던 때가 어제 같은데

하지만 너무 심한 계절의 변화는 사람을 당황하게 하는데

와..

폭설로 도시가 마비..

얼마 전, 몇 달간의 백조 생활을 접고 새 직장에 취직한 N양

내일부터 출근하세요-

앗싸!

한참 당황하다가 트렁크를 열어봤더니

오옷! 열린다!

두둥~!

다행히 해치백이라 트렁크를 통해 운전석에 앉았는데

휴~

막상 앉아서 출발하려니

뭐지? 출발해서는 안 될것 같은 이 찜찜한 기분은?

트렁크 닫을 사람이 없었다.

아차!

N양, 첫날부터 회사에
확실한 인상을 심었다.

그리고
남은
이야기

N양, 이 이야기를
친구한테 해줬다.

그러자 웃으며 듣던 친구

이렇게 말했다

몰랐었다. 그런 버튼... -muplie

면접의 예의

내게 있어 첫 면접시험은 대입 면접시험이었다.

음… 붙을 것 같나?

교수 〇〇〇

어쩐지 자신감을 보이고 싶어서 나온 말은…

당연하죠!

두둥!

3월에 다시 만나요!

시원하게 떨어졌다.

너무 건방졌나..?

점수가 안된거겠지

대학입시와 달리 사회에 나오면 면접의 비중이 무척 커진다.

책이나 학원은 물론 성형수술까지 하기도 한다는데

일명 취업성형!

와...

차라리 그 김에 연예계에 데뷔해라..

대학을 졸업하고 입사 면접시험을 앞둔 남기

잘할 수 있을까...

면접

워낙 소심한 타입이라...

면접대기실

엄청 떨려!

나름대로 예의를 갖춘다는 게 그만

게다가 문까지는 꽤 멀었다...

'문'워킹 맞네요. -muplie

신영이의 꼼수

알고 나서 보니 정말로 그런 직원들이 꽤 있는 듯했다.

...

사촌동생 결혼식이 있어서...

그래?

문제는 신영이로서는 그런 거짓말이 쉽지 않다는 거.

소심한 타입

거짓말 하면 산타할아버지가 선물 안 주는데!

울지 않는다고 다가 아니야!

그러던 어느 금요일 저녁

내일은 별일 없으니 설마 나오라고 안 하겠지?

실컷 자야지...

늘 슬픈 예감은 틀린 적이 없고

네?!

신영씨, 내일 출근 가능하지?

PT 자료 준비 좀...

그렇게 신영이는 점점 나락으로 빠졌다.

...그럼 넌 어떻게 존재하는 거지? -muplie

모범 답안

취업을 위한 면접시험은 사실 인생이 걸린 일이라 다들 필사적이다.

잘할 수 있습니다

그래서 조금은 자신을 포장하기도 하는데

어릴 때부터 진취적이었고...

너무 진취적이라 별명이 김진취...

예를 들어 A라는 프로젝트에 참여한 경력이 있다면

이력서

이름 : 김허풍

경력사항:
A 프로젝트 총괄

165

그러니 면접관들은 어느 정도 걸러 들어야 한다.

어릴 적부터 신동소리를 듣고 호랑이한테 물려갔지만 정신을...

대기업 팀장인 K형, 어느날 신입사원 면접관으로 들어갔다.

번호대로 앉으세요~

역시나 긴장한 눈빛들이 역력

경력직이 아닌 신입 공채의 경우 보통 이런 질문을 하는데

살면서 고난을 극복했던 적이 있나요?

그렇게 배틀은 끝날 줄을 몰랐다.

야이야아 그렇게 살아가고~F -muple

못 먹는 음식

회사 생활을 하다 보면 싫은 일도 해야 한다.

싫은 일만, 이 아닌 걸 다행으로 생각해...

정말 적성에 안 맞으면 이직을 고려하기도 하지만

술 한잔도 못 마시는데 술회사에 합격했어...

요즘 같은 취업난에는 꾹 참고 다니는 게 상책이다.

술은 못 마셔도 소맥 제조는 달인 등극!

미영이. 다시 한번 심각하게 이직을 고려했다.

정 섭섭하면 추어탕 정도는 같이... -mupl:e

아줌마의 판매방식

민정이는 예상외로 비싼 커튼값에 볼멘 소리를 했다.

저희 그런 돈 없어요. 전 무조건 싼 게 좋거든요?

그러자 아주머니, 약간 표정이 달라지더니

음... 그렇다면...

가방에서 다른 원단 샘플북을 꺼냈다.

이건 좀 저렴한 원단들이에요.

나쁘지 않았다.

이거 괜찮은데.. 얼마예요?

커튼 레벨에 따라 판매방식도
바뀌는 아줌마였다.

고객맞춤형 영업이랄까...-muplie

베테랑의 세계

간단명쾌한 베테랑의 세계! -muplie

오탈자의 추억

고등학생 시절, 개봉한 할리우드
영화 한편

KURT RUSSELL SYLVESTER STALLONE

←캐쉬→   ←탱고

Tango & Cash

그런데 당시 한 영화잡지에 이렇게
실렸던 기억이 난다.

묘하게
설득력 있는
제목...

화제의 영화
탱고와 현찰

외국영화 제목을 무조건 우리말로 바꿔쓰던
시절의 해프닝인데

<좋은 의도의 사냥>
봤어?

맷 데이먼
연기 죽여라!

보통은 오탈자를 없애기 위해
전문 교정인이 원고 교정을 본다.

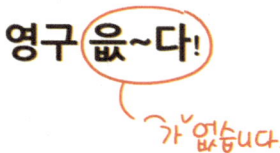

그게...

이랬다.

화제의 애니메이션

시간을 달리는 소녀

그러곤...

그나저나
나머지 원고들은
거의 다 썼는데
...

마무리
중이라...

또 이랬다고.

시간 좀
더 주시면
안 될까요?

시간을
달리는
소녀

이것이 바로 연행일치? -muplie

그녀의 면접

10여 년 전만 해도 내 친구들은 대부분 면접을 보는 입장이었다.

우우- 떨린다..

청심환 사줄까?

그런데 이제 어느덧

면접관으로 들어가게 됐어

와-

다시 말하자면 회사의 중견급이 됐다는 뜻인데

나 없으면 회사가 안 돌아가지!

그건 니 생각이고...

K형, 여러모로 감탄(?) 했다.

-muplie

그리고
남은
이야기

그러나 입사한 후
부부사이는 회복됐다고.

칼로 물베기 라니깐요...

지금은 SNS 시대

바야흐로 SNS 시대

소셜 네트워크 서비스
(Social Network Service)

웹상에서 이용자들이 인적 네트워크를
형성할 수 있는 서비스, 라고 정의하는데

그 네트워크가

한잔 해야지?

선배님, 제가 지금 마감 중이라 …

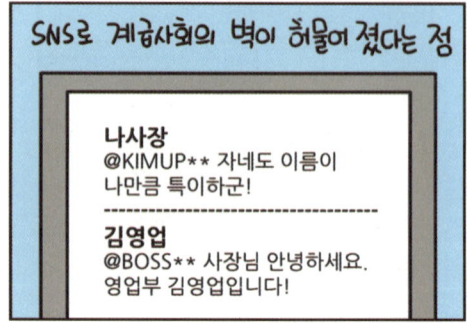

을 통해 새로운 아부문화가 탄생했다.

사장
오늘은 비빔밥을 먹었다. ...5분전

박팀장 맛있으셨겠어요!
윤대리 남자라면 비빔밥이죠!
김부장 비빔밥 이 녀석 영광인 줄 알아
박비서 비비느라 팔 아프셨겠어요.
오차장 앞으로 제가 비벼드리겠습니다.
정대만 사장님 비빔밥이 먹고 싶어요

전직원 댓글 아부 행진

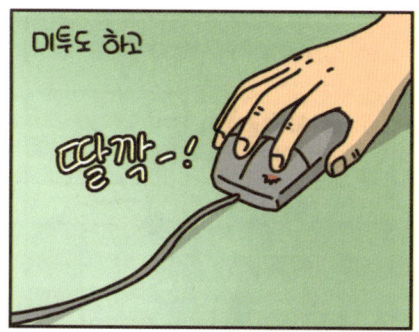

그리고 푹쉬기능은 강력했다고.

이래놓고 안 그만두시기 없기에요...! -muplie

4

추억은 방울방울

무지개 청춘

동광이가 유난히 설렜던 이유는...

아시자!

와글 와글

1학년 신입생 청순이(가명) 때문!

그렇다. 동광이는 두 달째 청순이를 멀리서 바라만 보고 있었던 것이다.

그런데 바로 그때, 기회가 찾아왔다.

저 취해서 잠깐 바람 좀 쐬고 올게요

빨리 갔다와!

이거였다는 걸

이후 동광이는 휴학을 진지하게 고민 했다. -muplie

겨울의 맛

추운 겨울에 어울리는 음식들이 있다.

예를 들어 뜨겁고 얼큰한 국물

뜨거운 커피에 고춧가루 타줄까?

그런 개그 집어치워!

연초부터...

길에서 먹는 따끈한 어묵도 별미다.

개인적으로는 어린 시절, 아버지와
목욕탕에 갔다가 돌아오는 길에

머리카락이
옆에서
딱딱해졌다..

길에서 꼭 사주셨던 군고구마의 맛이
아직도 생생하다.

가자!

아 뜨거!

바로 이런 것들이 겨울에만 느낄 수 있는
'겨울의 맛'이 아닐까?

뭔 소리야?!

겨울이
뭔지
맛 좀
볼래?

어린 시절, 시골에서 자란 동광이

남자라면
시골이지!

당시 어른들은 겨울이면 꽁꽁 언 논바닥을 삽으로 파냈다고 한다.

파다 보면 얼지 않은 축축한 흙과 함께 작은 웅덩이들이 나오면서

겨울잠에 든 갖가지 먹거리(?)들이 잡힌다는데…

그야말로 종합선물세트 수준!

동광이는 대답하지 못했다.

아··

왜?
맛없어?

수제비도
넣었어-

왜냐하면 그 날은 동광이가 무척 좋아하던...

개구리에
미꾸라지,
메기에
가재까지...

〈개구리 왕눈이〉마지막회를 한 날이었기 때문이었다.

두둥-!

이장 할아버지,
무지개 연못에
대체 무슨 짓을
한 거야?!!

무지개
왕이냐

이제 무지개 연못에 웃음꽃 안 피는 거야? -muplie

효자가 되는 길

부모님들마다 특별히 강조하는 가르침들이 있다.

술은 홀수로 시키거라..

아버지...

예를 들어 우리 어머니

학교에서 궁금한 건 꼭 손들고 물어봐.

모르는 건 창피한 게 아니야!

이 말도 덧붙이셨다.

마려울 땐 참지 말고 손들고...

네

괜히 참다가 싸지마

적잖은 영향을 끼치기도 하는데

나, 아직도 사람 눈 잘 못 쳐다봐..

어쩐지 내가 죄지은 것 같고...

아주 어린 시절의 정선이.

정선아!!

으아앙~!

구급차!!

콰당~!!

장난 치다가 크게 다친 적이 있었다.

정형외과

앞으론 조심 좀 해!

네..

이후 급 엄해진 어머니의 가르침

세상에서 제일 큰 불효가 뭔지 알아?

?

문제는 그날 이후 동네에 이상한 소문이
돌기 시작했다는 거...

고도의 엄마디스...? -muplie

아무튼 부모님의 뜻을 받들어
늘 조심스러웠던 정선이

항상 위험한 곳은
피해 가고...

당연히 싸움도 피하고

심지어 논쟁도 피했다.

그렇게 효자가 되기 위한 발버둥 끝에...

'비굴한 사내'가 되었다.

장래희망

어린시절, 내 꿈은 소설가였다.

소설가라면 파이프 담배지!

그러다가 만화가로 바뀌었지..

그런데 어쩐지 내 꿈은 다른 애들과 달랐고

난 의사

난 판사

난 박사

어쩐지 멋지게 들린다..

약간 절충했다.

막 갖다 붙이는구나..

그럼 난 소설가 겸 박사!

합쳐서 소박!

물론 제대로 알지도 못하고 꾼 꿈이었다.

하지만 어린시절 정선이는 나와는 좀 달랐다.

그리하여 정선이의 남다른 꿈은...

나름대로 꽤 원대하고 구체적이었는데

그렇게 동심의 꿈(?)은 산산조각났다.

그래서 정선이 네가 술만 취하면… -muplie

그리고 남은
정선이가 꿈꾸는
미래 이야기

…이런 미래?

특별한 이름

1. 돌림자

집안들마다 돌림자를 쓰는 경우가 있다.

항렬을 나타내기 위하여
이름자 속에 넣어 쓰는 글자.
성의 본관, 파에 따라 일정하다.

우리집은 '재'자
돌림이지...

╘ 그런데 난 안썼어

가끔 이 돌림자 때문에 재밌는(?) 상황도
벌어지는데

조선왕조
500년
쟤냐...

성종 문종 세종 난
고종

'종'자 돌림

얼마전 늦둥이 아들을 본 J형

아이구
내 새끼~

'비락'으로 정했다.

식혜와 많이 친해지게 될 거야.

2 할아버지의 뜻

3. 힘찬이

은근히

헷갈렸다.

... 그래도 힘찬이는 힘차게 자라고 있습니다. ㅡㅡ;

-muplie

웃고 있어도 눈물이 난다

청소년기의 학생들은 헤어스타일에 목숨을 건다.

목숨보다 소중한 부분 →

내 학창시절에는 앞머리 길이에 목숨을 걸었는데

남자라면 코까지는 내려와야지!

그 시절, 우리반 짱이 걸려서 앞머리만 싹둑 잘렸다.

나머지는 이발소 가서 깎아!

황가두다!

으...

그 모습을 절망적으로 바라보던 정선이

신문지 삼형제!...

이건 뭐 뜯어먹던 솜사탕도 아니고...

문득 잘려나간 머리카락 뭉텅이를 바라보다가

다 내 자식 같은 놈들인데...

별 생각 없이 껴워봤는데

스윽-

눈앞에서 갑자기

스스슥-

친구들은 부러워했지만 정선이는...

정선이가 손꼽는 20세기 최고의 발명품은
'매직 스트레이트 파마'랍니다. -muplie

악마의 게임

어린 시절 내 꿈은 우리나라가 세계 1등 선진국이 되는 거였다.

한국이 1등!

그럼 영어 안 배워도 되니까.

Hello!

네?

어느나라 말...?

하지만 그건 아직 먼 훗날 이야기

난 6학년때 알파벳 뗐지!

대단한데?

중1때 처음 영어수업 시작한 세대

중요한 건 두번째 게임의 주인공도
교장선생님이였다는 거.

뭐지, 이 악마의 게임은… -muplie

그의 존재감

권선생: 사람들이 하도 이름을 자주
까먹어서 자연스럽게 생긴 별명.

5

가족, 가장 친한 웬수

어른스러운(?) 서연이

한번은 할아버지가 원하는 대로
안 사주자...

이처럼 서연이가 돈에 남다른 관심을 보이는 이유는

...

비싸서 안돼!

돈이 어없어

나중에 사자

초알뚤살뚤 정선이네 부부의 주된 대화내용

정선이네 집 특유의 가풍 때문인 듯한데

가훈
아껴야 잘 살고
티끌 모아 태산

우리집은 엄청 가난한가봐..

그게 아니라..

한 번은...

응?

엄마, 아빠, 궁금한 게 있어요.

뭔데?

나이에 어울리지 않는 질문!

켁!

뭐?!

엄마, 아빠는 한달에 얼마 벌어?

← 맞벌이 부부

···어쩐지 꼭 성공해야겠다고
굳게 다짐하게 된 정선이였다.

그리고
남은
이야기

그렇다고 서연이가
늘 돈에 연연하는 것은 아니다.

한번은 엄마와 길을 가다가
우연히 미술학원 선생님을 만났는데···

명품 핸드백을 들고 있었다.

엄마가 부러워하자..

서연이가...

이렇게 말했다.

몹시 당황했다.

그야말로 어른스러운(?) 서연이.. ^^; -muplie

사랑한다는 말

한 집안의 가장이자 어엿한 중년인 J씨.

오랜만에 집에서 DVD를 봤는데

이거 재밌냐?

생각보다 엄청 슬프고 감동적이었다.

엄마...

아빠 울어?

어흑...

마침 시골에 계신 부모님도 자주 못 찾아 뵈었던 터라

이번 명절에는 가지도 못하고...

그 후로 J씨는 아버님께 자주
연락드려야겠다고 생각했다.

가장 큰 효도는 늘 곁에 있는 것. -muplie

지희의 고부갈등

확실히 우리나라에는 시어머니와 며느리의 이런 고부갈등이 존재하는데

올가미

넌 내 아들에게 사준 장난감이 불과해

본격 시어머니가 며느리 잡는 영화

이거 거의 공포영화야

지우 히멘

얼마 전 결혼에 골인한 지희

홀어머니인 시어머니와 같이 살게 됐다.

...

그리고 시어머니와 며느리의 지향점이 확연히 달랐다.

집안일 배우는게 급선무!

회사일도 제겐 중요해요

그런데 생각보다 어머니의 주문이 까다로웠다.

무는 무겁고 단단한 걸로, 감자는 파란거 안되고 당근은 잔뿌리가...

네? 네...

지희에겐 너무나 어려운 숙제!

계피랑 마도 사와. 계피는 두꺼운 거, 마는 수분이 많고...

어... 어렵다!

난감했지만 최선을 다했는데

수분 많은 마는 어디 있나요?

네?

바로 그때 다시 온 어머니의 전화

아, 그리고 중요한 걸 깜박했는데

네...

참취나물의 위엄

지희는 새로운 고민에 접어들었다.

전화 잘못 거셨다고 하세요 -muplie

아버지의 복수

...아버지의 소심한 복수였다.

아들에게만 비밀리에 전해 내려오는... -muplie

모든 이야기의 끝이 그렇듯
아빠도 엄마에게 걸렸다.

애처가로서 사랑하는 아내의
스트레스 해소를 위해 열심히
혼나주셨는데...

더이상은 참기 힘들었고

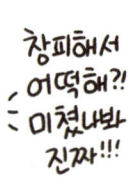

기어코 폭발하셨다!

그리하여 가슴에 쌓아두신
모든 말들을

모두 쏟아냈다.

···대략 50데시벨 정도로.

서우와 지유

이제 어느덧 유치원에 다닌 지도 한참이 된 시우

아빠 다녀오겠습니다~

유치원

슬슬 산수를 배우기 시작한 듯하다.

아빠 더하기 할줄 알아?

뭐냐 그 거만한 표정은...

그리하여 시작한 더하기 배틀

1+2는?

3!

뭐 그랬다는 지웅의 귀여운 이야기 ^^

수학영재 예정..? -muplie

이번에는 국어, 시우와
끝말잇기 놀이를 했다.

꽤 잘했는데

갑자기

한마디 했더니...

꽤 강경(?)하다.

봐주는 것도 한두번...

어려운 걸 냈더니

엉뚱하게도

꽤나 상세한 설명까지

현재 아랜드에 거주하고
사진촬영을 좋아하며 집을 들 수 있는
미스터 드슨(35?) 씨 by 김시우

그들의 겜덕 생활기

낭편분, 정말 운명할 뻔했다고.

빗나간 지름신

나는 주로 내 생일이 있는 연말에

생일 축하해

또 한살 먹었군...

지름신을 강림시킨다.

오늘은 너의 날!

질러라!

라져!

지르는 물건은 대체로 전자기기

남자는 원래 버튼을 누르면 소리가나는 물건에 열광한다구!

전자상가

≡게임기 PMP...

김, 너 이자식... -muplie

온 가족의 놀이

얼마 전, Song이 책을 몇 권 사왔다.

이것들 좀 읽어봐.

그건 바로

아빠랑 아이가 노는 방법들을 모은 책이야.

생활놀이

?!

한마디로

혼자 게임 좀 그만하고 애랑 좀 놀아줘!

윽

문득 용수 아버지

내가 가만히 지켜봤는데 아무래도…

이러셨다.

이 윷에는 뭔가 신비한 힘이 작용하는 것 같아

뜬금없이 무슨 말씀인가 했는데

뭐래는 거야…?

던지는 사람의 마음이 윷에 전해진달까…

은근히

난 차도맘…?

평소 도도한 너희 엄마는 도가 자주 나오고

개는 인간의 베스트 프렌드! (응?) -muplie

오래된 사이

얼마 전, 화이트데이에 우연찮게 극장 1층의 카페에 갔다.

오늘이 화이트데이였어?

전혀 몰랐다...

나가기 전에 화장실에 갔는데

끼익-

변기 안에

뭐가 있네..?

물 안내리고 간 건가...

이처럼 사랑을 하다보면 기쁨 만큼
슬픈 일도 많고

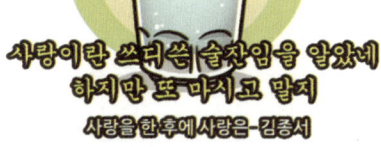

사랑이란 쓰디쓴 술잔임을 알았네
하지만 또 마시고 말지
사랑을 한 후에 사랑은-김종서

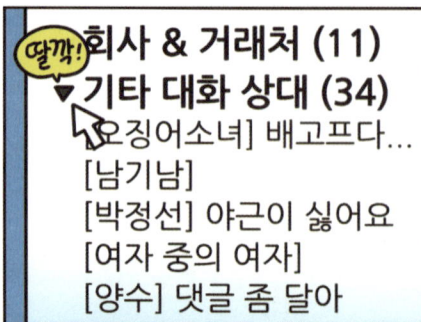

기타 카테고리에 있던
정선이를 가족으로 옮겼다.

아주 오래된(?) 부부들... ^^; - muplie
아내에게 정선이는 기타 대화상대... ^^;

아버지와 아구찜

우리 부모님 세대는 절약이 몸에 배어 있다.

아껴야 잘산다!

예를 들어 우리 어머니와 식당에 가면

흐- 잘먹었다!

반찬까지 다 드실 때까지 자리에서 안 일어나신다.

아깝 잖아!

짜요!

건강에 안좋아!

하지만 성식이 아버님은 달랐다.

아끼고 아끼고 또 아낀다!

별명: 현대판 자린고비
좋아하는 영화: 명자, 아끼꼬 쏘냐
가보고 싶은 곳: 아끼하바라

그야말로 생활 자체가 근검절약 그 자체신데

너희집 차 10년 전에 산거 맞냐?

새차 같아...

말끔~

애초에 차를 산게 신기해...

성식이

성식이의 성장기는 그야말로 절약과의 전쟁

집안에 불은 다 끄고, 변기 수조엔 벽돌 넣어! 비누도 아껴 쓰고...

결혼해서 독립하고 나서야 비로소 자유를 얻었다.

뜨거운물 펑펑 쓸테다!

어두우니까 불 다켜!!

성식이와 가족들은 안도(?)의 한숨을 쉬었는데

거봐요 특대 시키길 잘했죠?

모자라면 더 시켜 드릴게요!

앞에서 딱 멈추시더니

멈칫!

하시는 말씀

두둥-!

이거 봐! 남잖아?!

?!

그렇게 아버지에게 무릎을 꿇었다.

그럼 제가 먹을게요...

과식하면 체해!

그러게 내 말 듣고 중자를 시키면...

한편으로 여전한 아버지여서

기쁘기도 했다고... :- muplue

아버님의 마음

그리고 나서도...

어려워요.. -muple

아버님 것도 하나 사야지? ;;

어버이날 쿠폰

어린 시절, 어버이날이면 카네이션을 만들었다.

색종이로 완성!

하지만 어쩐지 사랑한다는 말을 쓰기 쑥스러워서

뭐, 다 아는 사이에 …

묘한 카네이션을 드리기도 했다.

이제 용돈 주실 차례…

엄마 복 많이 받으세요

뭔가 복잡한 기분에 빠진 백수형이었다...

유효기간 있는지 잘 보세요. ^^; -muple

우리가족

얼굴은 아빠가 그리고,
몸은 시우가 그린 우리 가족

김양수의 카툰판타지

생활의참견
운수 좋은 날

초판 1쇄 발행 2012년 8월 23일   초판 2쇄 발행 2014년 4월 5일

글·그림 김양수
펴낸이 연준혁

출판 7분사 분사장 김은주
편집 최유연
디자인 함지현   제작 이재승

펴낸곳 (주)위즈덤하우스   출판등록 2000년 5월 23일 제13-1071호
주소 (410-380) 경기도 고양시 일산동구 정발산로 43-20 센트럴프라자 6층
전화 (031)936-4000   팩스 (031)903-3895
홈페이지 www.wisdomhouse.co.kr
종이 월드페이퍼   인쇄·제본 (주)현문   후가공 이지앤비

© 김양수, 2012   ISBN) 978-89-5913-700-8 17810

값 12,000원